握手が
嫌いに
なったとき

中原健次

Akusyu Ga Kirai Ni Natta Toki

文芸社

３度見てください

最初は言葉を

２度目は風景を

３度目は男の心を見てください

会ったその時から
君が好きだった

たくさんの想い出をかさね
いつまでも続くと思っていた

突然告げられた
一年の命
悲しい君の運命

夢膨らむ未来だけを告げて
毎日を大切に重ねた

だけど…
君は　何もかも知っていた

君が右手をさしだして交わした握手
「ありがとう」
その言葉を残して
君は静かに目を閉じた

初めて泣いた
全身が震え　吐くまで泣いた

悲しい握手は
もう二度としたくない

その時　僕は
握手が嫌いになった

男が６千万人
女が６千万人
たったひとりの誰かに出会う確率は
６千万×６千万分の１

途方もない偶然など
あるはずがなかった

でも
あの日　あの場所で
たった一人の誰かと出会った

その瞬間
僕は君に恋をした

彼女からの初めての電話がまだこない
はやく声が聞きたいのに…
時計が遅い

彼女からの初めての電話がもうすぐ
うまく話せるだろうか…
時計よ止まれ

シーンやタイミングをあれこれ考えていた
でも
そんなもんじゃなかった

よろめいた君を抱き寄せたとき
そっと　自然にキスをした

思ったとおりにならず
なるようになった

君は雪のようだ
僕は雪が好きだ
だから僕は君が好きだ

どこかの物語をもじって
君への想いを伝えたつもり…
だったのに
「寒いのは嫌い」
と　いとも簡単にはじき飛ばされた

何事もなかったように
すまして紅茶を飲む君が
妙に面白い

ひまわりに囲まれた君の笑顔
10枚目のお気に入りの写真

おばあちゃんになるまで君を撮り続けて
写真集を作ろう

写真ひとつひとつに言葉を添えて
いつか　君に贈りたい

危ないよって言ったのに
転んで足をくじいたみたい

抱っこしてあげるから
背中においで

嬉しそうにしがみついて
…やがて
かすかな寝息が聞こえた

ちょっと甘えてみたかったんだね
実は僕も…
甘えられて嬉しかったんだ

うまくゆかず
愚痴とため息ばかりの１日

突然君は
僕をキッとにらみつけ
頬をうった

驚いた

だけど…

怖い顔の君が
僕の頬にてのひらを寄せたとき
何を言おうとしているのかが
わかった

「痛かった？」
君は微笑みながら言った

少しも痛くなかった

もし　くじけそうになったら
君の強く優しいてのひらを
思い出そう

子供の頃
大好きな女の子と
手をつなぐのが嬉しかった

君の前では
あの頃の僕になってしまう

いつでもどこでも
ずっと
君と手をつないでいたい

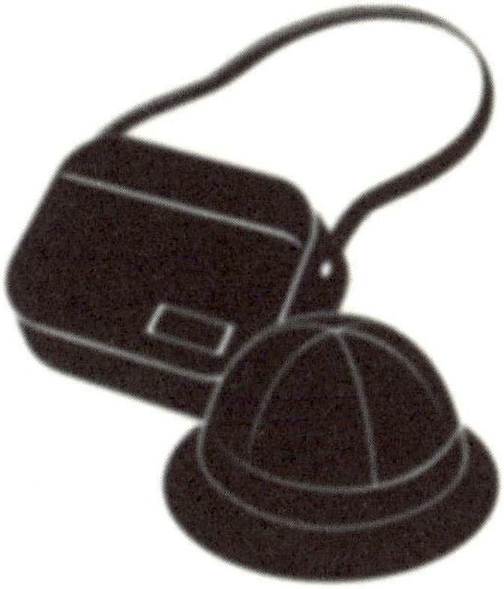

誰かにぶつかり
子供が倒れた

君はあわてて走りより
子供を抱きおこした

そして
なんのためらいもなく
真新しい白いハンカチで
血のついた膝をおさえた

「もう痛くないよ」
頭を撫ぜながら君がささやくと
子供は泣きやんだ

僕は何もできず
ただ君に見とれてしまった

美しい
なんて美しい
愛する君は
どこの誰よりも美しい

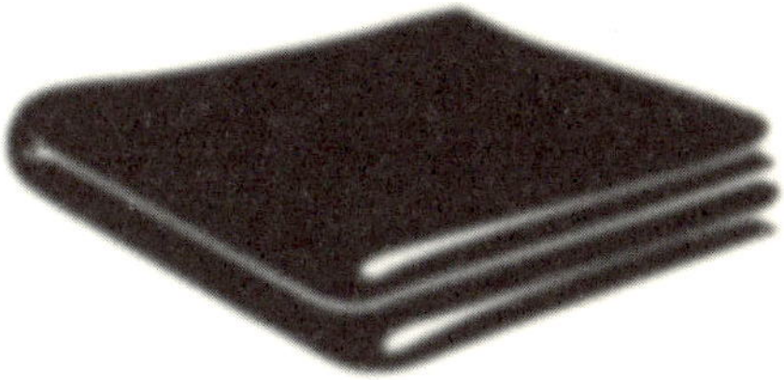

「身近な人」
もし君が僕のことを
そうとしか思っていなかったら

どんなにいとしさが募っても
君を抱きしめることはできない

「そばにいたい人」
君が僕のことを
そう思ってくれるから

いとしさが募ったら
僕はいつでも君を
抱きしめることができる

シャンプーをかえるなよ
そう君を怒ったことがある

車に乗ってすぐに気づいた
いつもの香りじゃない

「買っちゃったから」
そう言って
君はしらんぷり

でも
次に会った時
風になびく君の髪は
いつもの香がした

元のシャンプーにしたことを
君は何も言わずしらんぷり

僕もしらんぷりをした

その日から
髪の香がかわることはなかった

思いっきり泣くといい
もう我慢しなくていいよ

何も言わない
ふるえる君をつつんで
眠るまで
ずっとそばにいてあげる

僕の想い出は
いつも君の向こう側にある

あの想い出もそのひとつ

通りすがりの雨がやんで外に出たとき
遠くの山に
くっきりと虹が輝いていた

ひとりだったら
たんなる美しい風景でしかなかったろう

でも
君と見たから
君が横にいてくれたから
あの虹は僕の大切な想い出になっている

僕の想い出は
いつも君の向こう側にある

雨が降り　川が流れ
花が咲き　鳥が飛ぶ

太陽
すべての営みはその赤い星からもたらされ
何者もそれにかわれない

楽しい　嬉しい
頑張ろう　もう少し

僕が生きていく力は君

君は
かけがえのない　たったひとつの
僕だけの太陽

ずっと君に内緒にしていること
話したら恥ずかしがってやめちゃうから
絶対に言わないよ

ほらまた
「そうかしら？」って
チョンと首をかたむけるクセ

僕のお気に入りの君

うつむくのは嫌い
行き止まりの地面が見えるだけだから

どこまでも続く広い空が好き
夢が広がるから
眩しい太陽が好き
体いっぱいに力をくれるから

私は上を向いて歩いていきたい

君と出会ってから
ちょっと丸かった僕の背中が
真っ直ぐになった

君は

傷つき倒れたときに
慰めてくれる人

歯をくいしばり進むときに
励ましてくれる人

成し遂げて立つときに
誉めてくれる人

もし時を止めることができるなら…

眠りについた君
あどけなく優しい寝顔

その柔らかなほっぺに頬を寄せる…
…あたたかい

時を止めることができるなら…
今がいい

大事な話
胸騒ぎのする留守電のメッセージ

重い沈黙を破る無情な言葉
後…一年の命

体が動かない
指先からスルリとカップが落ちる
ゆっくりと落ちて…
壊れた

行き場のない悲しみがあふれ
出口が見つからない

ナプキンを受け取りひざまずいた
がむしゃらに右手が床をさまよい
破片とコーヒーが飛び跳ねる

掌の痛みを感じなかった
あふれる涙にも
気づかなかった

彼女が何をした？
彼女が何をしなかった？
教えて…

僕は何をしたらいい？
僕は何をしなければいい？
教えて…

なぜ
彼女の命を奪う
なぜ
僕から彼女を奪う

お気に入りの場所
手をつなぎ歩こう

いつもの風景
いつもの温もり

何もかわらないのに
すべてが違う

君の笑顔を見ると
心が…いたい

歯をくいしばり
たたかう君

喜びをともに分かちあい
悲しみをともに励ましあった
君との大切な時間を
くもり無くまっとうしたいから

けして
君から目をそらすまい

負けるな
頑張れ

毛糸と本と棒を買ってきた
白い毛糸に赤い丸を編んだ
赤は太陽のイメージ

「日の丸弁当みたい」
ゆがんだ赤を笑う君

膝に掛けよう
温かくしなきゃ

広い空が見たくなった時
必ず使うんだよ

皆　どんな時に結婚を決めて
どんな場所でプロポーズするんだろう？

「いつ退院できるのかな？」
寂しそうに君がつぶやいた時
治ったら結婚しよう
プロポーズの言葉は病室だった

ちょっと驚いた君は
恥ずかしそうに布団にもぐりこんだ

…そして
ゆっくりと顔を出し
「うん」
と　うなずいてくれた

叶うはずのない嘘だった
だけど…
嬉しかった

初めてリンゴをむいた
クルッとまわすと
短い皮が落ちた

君はクスッと笑った

やっとむけたリンゴは
ガタガタでちっちゃかった

君は相変わらずクスクス笑っている

カドを切って
お互いの口に含んだ
初めてのように
じっくりと味わった

「リンゴって　…こんなに美味しかったんだ」
つぶやくように君が言った

僕も
リンゴの美味しさを初めて知った

いつもよりたくさん笑ったあと
君は　その余韻を楽しむように
深く目をとじた

短い沈黙のあと
もう一度目をあけたとき
静かに
僕にその言葉を告げた

「さよならは言わないよ」

君は…

ずっと前に気づき
きっと独りぼっちで泣いて
そして今…

さよならなんて僕も言わないよ
今　この時を
ずっと一緒に生きよう

ベッドの中にもぐりこんだ
僕の胸に君を抱えて
ふたり　目をとじた

静かだ

病室の中
ゆっくり…
ゆっくりと時間が溶けていく

できることなら
このままふたり
永遠に
消えてしまいたい

苦しみが長くなり
痛みが強くなる

「痛い」
苦痛に耐える君

布団を何度もさすった
君の痛みを奪いさりたくて
何度も何度も
さすった

最期のとき

君がさしだす右手に
手をかさねた

ふたりが交わす握手
その手の中で
想い出のふたりがよみがえる

いろんな君が
いろんな表情で
僕に語りかける

精一杯の笑顔で君が言った
「ありがとう」
それが
君から僕への最後の言葉だった

君は静かに目をとじ
僕をひとりぼっちにして
いってしまった

手の中のふたりの想い出は
哀しい今を刻み
幕を閉じた

息をするのが苦しくなった
なんで　ありがとうなんだ
なんで　握手なんだ

握手がこんなに悲しいものだとは
思いもしなかった
こんな悲しい握手など
もう二度としたくない

この時から僕は
握手が大嫌いになった

君を幸せにすることが
僕の生きがいだった

君の笑顔を見ることが
僕の喜びだった

君と生きていくことが
僕の人生だった

君はもういない
これから僕は　どうしたらいい

手をつなぎ
頬をよせて
抱きしめて

母に甘える子供のように
いつでも君にふれていたかった

大好きだった君
いとしい君
…さよなら

おわりに

「何かを作ろう」
そう決意し、実行、完成させるまで
とても大きな力が必要だと改めて気づきました。
その力を自然に与えてくれた今井由実子さんに
心から感謝します。

著者プロフィール

中原 健次（なかはら けんじ）

1962年　岐阜県生まれ　39歳。

現在　名古屋のテレビ局で番組制作に関わる

握手が嫌いになったとき

2001年 11 月15日　初版第 1 刷発行

著　者　中原《なかはら》 健《けん》次《じ》

発行者　瓜谷 綱延

発行所　株式会社 文芸社

〒112-0004　東京都文京区後楽2-23-12

電話 03-3814-1177（代表）

03-3814-2455（営業）

振替 00190-8-728265

印刷所　株式会社 フクイン

ISBN4-8355-2742-9 C0092